Le monde merveilleux
DES CONTES

Editions Lito

BOUCLE D'OR ET LES TROIS OURS

ILLUSTRATIONS DE
LAURENCE BATIGNE

Il était une fois trois ours bruns
qui habitaient une maison en bois
isolée dans la forêt.

Le premier ours était très grand, très fort,
et il avait une grosse voix.

Le deuxième ours n'était ni grand ni petit.
En fait, il était moyen et il parlait
avec une voix moyenne.

Le troisième enfin était un tout petit ourson,
tout mignon, tout rond, qui gazouillait avec
une voix pointue, une petite voix d'ourson.

Les trois ours menaient une vie tranquille.
Ils aimaient le calme de la forêt, les chants
des oiseaux et le bruit du vent dans les feuilles.

9

Un jour, les trois ours préparent une délicieuse
bouillie parfumée aux fruits des bois. Comme elle est
très chaude, ils décident de la laisser refroidir
et ils partent se promener dans la clairière.

Pendant ce temps, Boucle d'Or, une belle
petite fille aux cheveux dorés, s'aventure seule
dans la forêt. Elle cherche des fleurs, furète
à droite, à gauche, quand soudain, elle découvre
la maison des trois ours.

Quelle jolie maisonnette ! Boucle d'Or
s'approche sans bruit. Elle regarde par la
fenêtre, par le trou de la serrure : il n'y a
personne !

Comme la porte n'est pas fermée à clé,
Boucle d'Or l'ouvre et entre.

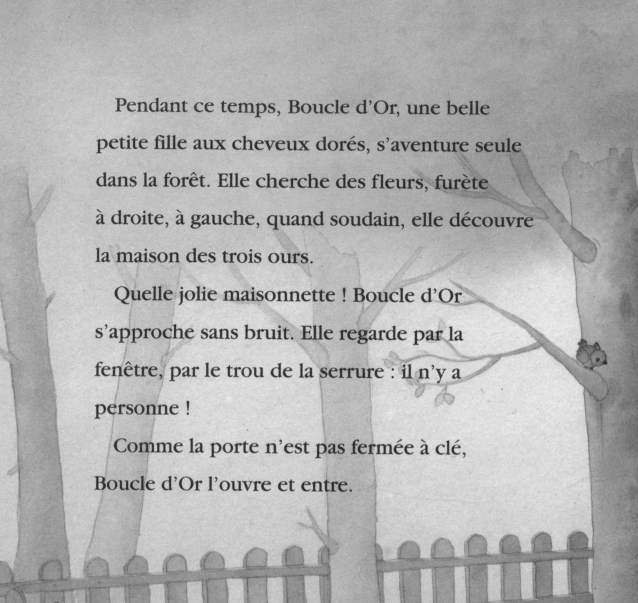

Sur la table de bois, Boucle d'Or aperçoit trois bols
remplis de bouillie appétissante. La petite fille
a très faim et s'empresse d'y goûter.

Dans le grand bol, la bouillie est encore
trop chaude ; dans le moyen, elle est déjà
trop froide ; mais dans le petit bol,
la bouillie est juste comme il faut.

Et Boucle d'Or vide aussitôt le petit bol,
sans rien laisser.

Une fois rassasiée, Boucle d'Or regarde autour d'elle et voit trois chaises de tailles différentes.

La petite fille a envie de se reposer. Elle s'approche de la grande chaise, mais elle est trop haute. Elle s'assoit sur la chaise moyenne mais elle la trouve trop dure. Enfin, elle s'assoit sur la petite chaise et la trouve parfaitement confortable : ni trop haute, ni trop dure ! Boucle d'Or se balance et s'agite tellement que la chaise se casse.

Bien décidée à se reposer, Boucle d'Or entre
dans la chambre des trois ours.

Elle découvre les trois lits : le grand, le moyen
et le petit, et décide de les essayer.

Le grand lit est trop haut et le lit moyen
est trop dur. Mais le petit lit est juste
comme il faut. Alors, Boucle d'Or s'y installe
et s'endort aussitôt.

Les trois ours ont terminé leur promenade
dans la forêt et rentrent chez eux pour déguster
leur bonne bouillie.

Ils voient la porte ouverte. Oh, les bols de
leur repas ont été déplacés !

— Quelqu'un a goûté à ma bouillie ! dit le gros ours
de sa grosse voix.

– À la mienne aussi !
dit l'ours moyen
de sa voix moyenne.
– Quelqu'un a mangé
toute ma bouillie !
pleurniche le petit ours
de sa petite voix.

Mécontents, les trois ours regardent leurs chaises :

– Quelqu'un a touché ma chaise ! gronde le gros ours de sa grosse voix.

– Quelqu'un s'est assis sur ma chaise ! dit l'ours moyen de sa voix moyenne.

– Quelqu'un a cassé ma chaise ! crie le petit ours de sa petite voix.

Alors, les trois ours, très fâchés, vont dans leur chambre.

– Quelqu'un a osé toucher mon lit ! tonne le gros ours de sa grosse voix.

– Quelqu'un est monté sur mon lit ! proteste l'ours moyen de sa voix moyenne.

Le petit ours s'approche de son lit.

Muet de surprise, il voit Boucle d'Or endormie.

– Quelqu'un est couché dans mon lit ! dit-il

de sa petite voix.

Boucle d'Or se réveille en sursaut.

– Oh, des ours ! dit-elle, effrayée.

Vite, elle bondit hors du lit, saute par la fenêtre

et retourne en courant chez elle.

Les trois ours ne la revirent jamais.

Ils continuèrent, comme par le passé, à mener

leur vie tranquille dans la forêt.

LA PRINCESSE AU PETIT POIS

ILLUSTRATIONS DE
CORDEROC'H

Il y avait une fois un prince qui voulait épouser une princesse, mais elle devait être une vraie princesse. Il voyagea donc dans le monde entier pour en trouver une.

À la vérité, les princesses
ne manquaient pas.
Mais il ne pouvait jamais
s'assurer si c'étaient de vraies
princesses. Toujours quelque chose
en elles lui paraissait suspect.

Il revint par conséquent
bien affligé de n'avoir pas
trouvé ce qu'il désirait.

Un soir, il faisait un temps horrible,
éclairs et tonnerre, pluie à torrents,
c'était effrayant.

On frappa à
la porte du château,
et le vieux roi
alla ouvrir.

C'était une princesse qui était dehors. Mais, Dieu !
comme la pluie et l'orage l'avaient arrangée !

L'eau ruisselait de ses cheveux et de ses vêtements,

elle lui entrait dans le nez et dans les souliers, et
sortait par les talons. Néanmoins, elle dit qu'elle
était une vraie princesse.

« Bon, c'est ce que nous allons savoir ! »
pensa la vieille reine. Puis, sans rien dire, elle alla
dans la chambre à coucher, enleva toute la literie,
et mit un petit pois au fond du lit.

Ensuite, elle prit vingt matelas,

qu'elle étendit sur le pois, et encore vingt édredons,

qu'elle entassa par-dessus les matelas.

C'est là que la princesse

devait coucher.

Le lendemain matin, on lui demanda comment elle avait passé la nuit.

« Bien mal ! répondit-elle. Je n'ai presque pas fermé l'œil de toute la nuit ! Dieu sait ce qu'il y avait dans ce lit ! C'était quelque chose de dur qui m'a rendu la peau toute violette. C'est terrible ! »

Alors on put voir que c'était une vraie princesse, puisqu'elle avait senti le petit pois à travers les vingt matelas et les vingt édredons.

Seule une vraie princesse pouvait avoir la peau si délicate.

Le prince, bien convaincu que c'était une vraie princesse, la prit donc pour femme, et le pois fut placé dans le musée, où il est encore, si personne ne l'a enlevé.

Voyez, c'est là une histoire
aussi vraie que la princesse !

LES FÉES

ILLUSTRATIONS DE
BOIRY

46

Il était une fois une veuve qui avait deux filles : l'aînée lui ressemblait si fort et d'humeur et de visage, que qui la voyait, voyait la mère. Elles étaient toutes deux si désagréables et si orgueilleuses, qu'on ne pouvait vivre avec elles.

La cadette, qui était le vrai portrait de son père pour la douceur et l'honnêteté, était avec cela une des plus belles filles qu'on eût su voir.

Comme on aime naturellement son semblable,
cette mère était folle de sa fille aînée, et en même
temps avait une aversion effroyable pour la cadette.
Elle la faisait manger à la cuisine et travailler sans
cesse. Il fallait, entre autres choses, que cette pauvre
enfant allât deux fois le jour puiser de l'eau à une
grande demi-lieue du logis, et qu'elle en rapportât
plein une grande cruche.

Un jour qu'elle était à cette fontaine,
il vint à elle une pauvre femme qui la pria
de lui donner à boire.

– Oui-da, ma bonne mère, dit cette belle
fille ; et rinçant aussitôt sa cruche, elle puisa
de l'eau au plus bel endroit de la fontaine, et
la lui présenta, soutenant toujours la cruche
afin qu'elle bût plus aisément.

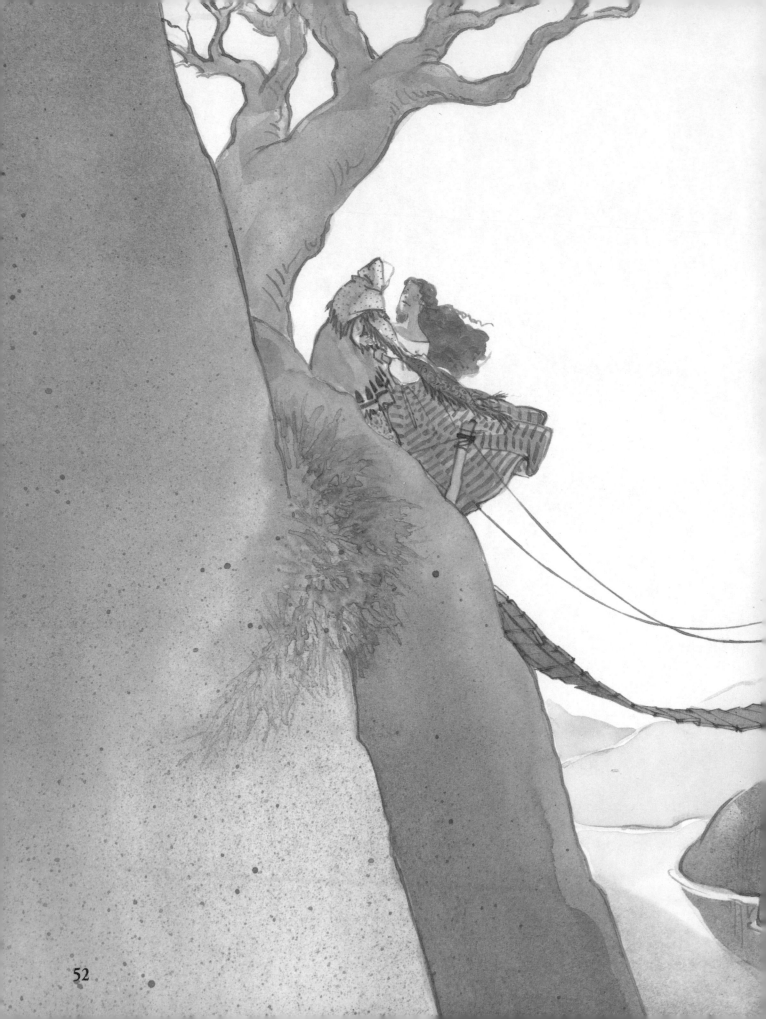

La bonne femme, ayant bu, lui dit :

– Vous êtes si belle, si bonne et si honnête,
que je ne puis m'empêcher de vous faire un don
(car c'était une fée qui avait pris la forme
d'une pauvre femme de village, pour voir jusqu'où
irait l'honnêteté de cette jeune fille). Je vous donne
pour don, poursuivit la fée, qu'à chaque parole
que vous direz, il vous sortira de la bouche
ou une fleur, ou une pierre précieuse.

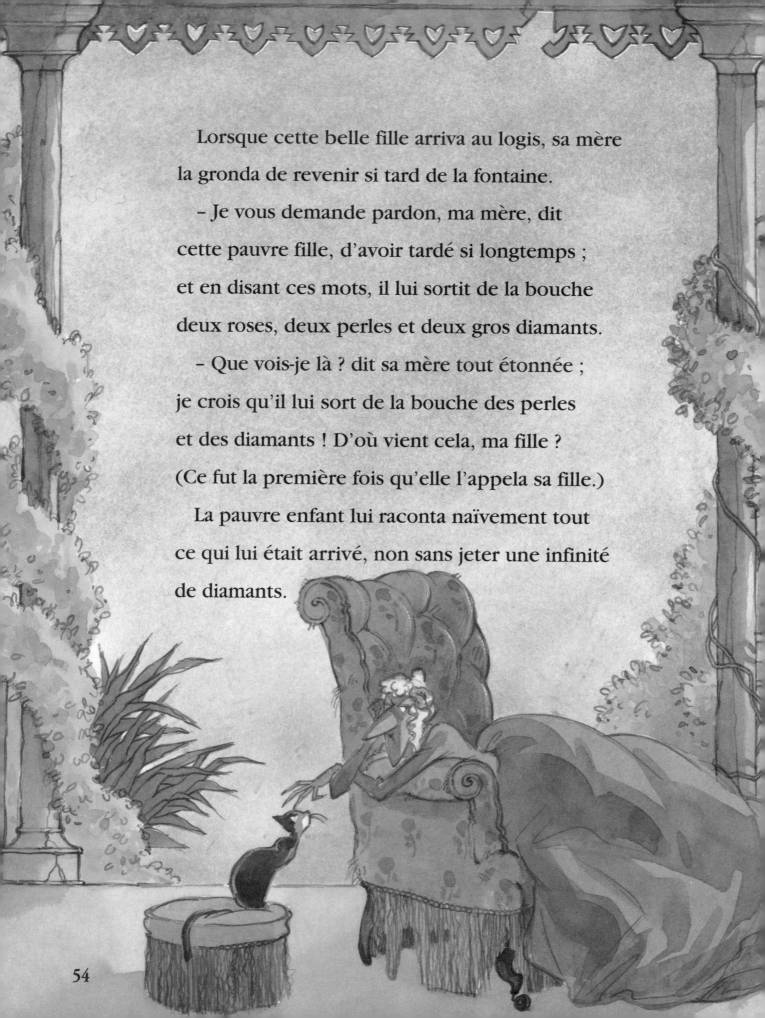

Lorsque cette belle fille arriva au logis, sa mère la gronda de revenir si tard de la fontaine.

– Je vous demande pardon, ma mère, dit cette pauvre fille, d'avoir tardé si longtemps ; et en disant ces mots, il lui sortit de la bouche deux roses, deux perles et deux gros diamants.

– Que vois-je là ? dit sa mère tout étonnée ; je crois qu'il lui sort de la bouche des perles et des diamants ! D'où vient cela, ma fille ? (Ce fut la première fois qu'elle l'appela sa fille.)

La pauvre enfant lui raconta naïvement tout ce qui lui était arrivé, non sans jeter une infinité de diamants.

– Vraiment, dit la mère, il faut que j'y envoie ma fille. Tenez, Fanchon, voyez ce qui sort de la bouche de votre sœur quand elle parle : ne seriez-vous pas bien aise d'avoir le même don ? Vous n'avez qu'à aller puiser de l'eau à la fontaine, et quand une pauvre femme vous demandera à boire, lui en donner bien honnêtement.

– Il me ferait beau voir, répondit la brutale,
aller à la fontaine !

– Je veux que vous y alliez, reprit la mère,
et tout à l'heure.

Elle y alla, mais toujours en grondant. Elle prit
le plus beau flacon d'argent qui fût dans le logis.

Elle ne fut pas plus tôt arrivée à la fontaine
qu'elle vit sortir du bois une dame
magnifiquement vêtue, qui vint lui demander
à boire ; c'était la même fée qui avait apparu
à sa sœur, mais qui avait pris l'air et les habits
d'une princesse, pour voir jusqu'où irait
la malhonnêteté de cette fille.

– Est-ce que je suis venue ici, lui dit cette brutale orgueilleuse, pour vous donner à boire ? Justement, j'ai apporté un flacon d'argent tout exprès pour donner à boire à madame ! J'en suis d'avis : buvez à même si vous voulez.

– Vous n'êtes guère honnête, reprit la fée sans se mettre en colère. Eh bien, puisque vous êtes si peu obligeante, je vous donne pour don qu'à chaque parole que vous direz, il vous sortira de la bouche ou un serpent, ou un crapaud.

Dès que sa mère l'aperçut, elle lui cria :

– Eh bien, ma fille ?

– Eh bien, ma mère, lui répondit la brutale en jetant deux vipères et deux crapauds.

– O ciel ! s'écria la mère, que vois-je là ? C'est sa sœur qui en est cause : elle me le paiera ; et aussitôt elle courut pour la battre.

La pauvre enfant s'enfuit, et alla se sauver dans la forêt. Le fils du roi, qui revenait de la chasse, la rencontra, et, la voyant si belle, lui demanda ce qu'elle faisait là toute seule, et ce qu'elle avait à pleurer.

– Hélas, monsieur, c'est ma mère qui m'a chassée du logis.

Le fils du roi, qui vit sortir de sa bouche cinq ou six perles et autant de diamants, la pria de lui dire d'où cela lui venait. Elle lui conta toute son aventure. Le fils du roi en devint amoureux ; et, considérant qu'un tel don valait mieux que tout ce qu'on pouvait donner en mariage à une autre, l'emmena au palais du roi son père, où il l'épousa.

Quant à sa sœur, elle se fit tant haïr que sa propre
mère la chassa de chez elle ; et la malheureuse, après
avoir bien couru sans trouver personne qui voulût
la recevoir, alla mourir au coin d'un bois.

ALADIN
ET LA LAMPE
MAGIQUE

ILLUSTRATIONS DE
MONIQUE GORDE

Il était une fois, dans la lointaine Chine, un tailleur fort pauvre. Cet homme avait un fils nommé Aladin qui passait ses journées à jouer dans les rues. Désespéré, le tailleur dut renoncer à lui apprendre son métier et il mourut peu après.

La mère d'Aladin pleura toute seule des larmes bien amères.

Un jour, un magicien africain vint à passer par là.

– Mon enfant, n'es-tu pas le fils du tailleur Mustafa ?

– Oui, mais il y a bien longtemps qu'il est mort.

– Je suis ton oncle, dit le magicien en serrant

Aladin dans ses bras. Salue ta mère de ma part !
J'irai la voir ce soir.

Et il mit deux pièces d'or dans la main d'Aladin.

Le soir, on frappa à la porte. C'était le magicien.

– Ô femme de mon frère ! J'ai beaucoup voyagé et
la nostalgie du pays m'a envahi. Pour aider Aladin, je
lui ouvrirai une boutique garnie des étoffes de la
qualité la plus fine.

Le lendemain, le magicien s'en alla dans la campagne avec Aladin, alluma un feu et, tout en marmottant des paroles étranges, y jeta un parfum qu'il tira de sa poche. Une plaque de marbre apparut avec, en son milieu, un anneau de bronze.

– Là se cache un trésor qui te rendra plus riche que tous les rois ! Prononce le nom de ton père et de ton grand-père en tenant l'anneau.

Et Aladin souleva la dalle avec facilité.

– Descends dans ce caveau ! ordonna le magicien. Tu trouveras trois salles emplies d'or et d'argent : passe sans t'arrêter, sinon tu seras changé en un bloc de pierre. Marche droit jusqu'à un merveilleux jardin ; là, tu trouveras une lampe. C'est une lampe magique : tu me la rapporteras. Au retour, tu pourras cueillir autant de fruits du jardin que tu voudras.

Il passa un anneau à l'un des doigts d'Aladin ;
c'était un talisman qui le protégerait de tous dangers.

Mais, lorsque Aladin revint, il refusa de donner la
lampe au magicien avant de sortir du caveau.

Furieux, celui-ci récita une formule magique, et la
dalle se referma sur Aladin.

Le magicien repartit vers son pays.

Dans le souterrain, le prisonnier se désolait quand,
sans le vouloir, il toucha l'anneau qu'il avait au doigt,
et aussitôt un beau génie apparut.

– Que me veux-tu ? Me voici prêt à t'obéir car je
suis l'esclave de tous ceux qui ont cet anneau au
doigt.

– Fais-moi sortir de ce caveau ! implora Aladin.

Et la terre s'ouvrit d'un seul coup.

Aladin retourna chez sa mère, lui conta son aventure et lui montra la lampe magique ainsi que les fruits, qui étaient en fait des pierres précieuses.

Le lendemain, comme elle nettoyait la lampe pour aller la vendre, un génie hideux surgit.

– Que veux-tu ? Me voici prêt à t'obéir car je suis l'esclave de tous ceux qui ont cette lampe à la main.

– Apporte-nous de quoi manger ! ordonna Aladin.

Le génie revint avec douze plats d'argent chargés de mets excellents qu'Aladin et sa mère mangèrent de bon appétit. Ensuite, Aladin s'en alla vendre les plats précieux et en demanda d'autres au génie. Il avait compris qu'il avait dans la lampe une source immense de richesses.

À quelque temps de là, Aladin tomba amoureux de la princesse Badroulboudour, la fille du sultan, et il supplia sa mère de la demander en mariage pour lui.

– Vous porterez au sultan les fruits que j'avais ramassés dans le caveau, lui dit-il.

La mère d'Aladin fit ce que son fils lui disait et, lorsque le sultan la reçut enfin, elle lui révéla l'amour qu'il éprouvait pour la princesse.

– Retournez chez vous et dites à votre fils qu'il doit m'envoyer quarante bassins d'or massif pleins de pierreries semblables à celles que vous m'avez déjà apportées de sa part, déclara le sultan. Ils seront transportés par quarante esclaves noirs, qui seront conduits par quarante autres esclaves blancs, tous richement habillés.

Ainsi fit Aladin, grâce à la lampe ; et le sultan lui accorda la main de sa fille.

Aladin demanda encore au génie de bâtir un palais digne de la princesse Badroulboudour.

Les noces furent célébrées avec faste.

Aladin coulait des jours heureux en compagnie de la princesse Badroulboudour. Lorsqu'ils se promenaient à travers la ville, ils ne manquaient jamais de donner quelques pièces d'or aux pauvres qu'ils croisaient et bientôt, on connut partout leur grande générosité.

C'est ainsi qu'un jour, le magicien africain apprit qu'Aladin était puissant et riche.

« Ce misérable a découvert le secret de la lampe ! se dit-il. J'empêcherai qu'il en jouisse plus longtemps ! »

Dès le lendemain, il se mit en route et arriva enfin en Chine ; là, il sut que la lampe magique se trouvait dans le palais d'Aladin, qui était absent.

Le magicien acheta des lampes en cuivre et cria :

– Qui veut échanger de vieilles lampes contre des neuves ?

La princesse, qui ignorait que la lampe d'Aladin fût

si précieuse, accepta l'échange.

Aussitôt, le magicien commanda au génie de la lampe d'enlever le palais d'Aladin et de le transporter avec lui en Afrique.

À son retour, Aladin fut pris de désespoir. Il alla près d'une rivière dans l'intention de se jeter à l'eau. Mais en arrivant au bord il glissa, et sa main heurta un rocher. Aussitôt, le génie de l'anneau apparut.

Fou de joie, Aladin lui demanda de le conduire à l'endroit où était son palais. Il acheta une poudre avec laquelle il empoisonna le magicien, et retrouva la princesse, la lampe et son génie.

– Génie, dit Aladin, je t'ordonne de nous ramener en Chine avec notre palais !

En l'honneur du retour de la princesse Badroulboudour, le sultan proclama une fête de dix jours. Et après la mort du sultan, Aladin et la princesse régnèrent de longues années durant sur le royaume de la Chine.

HANSEL ET GRETEL

ILLUSTRATIONS DE
CHRISTEL DESMOINAUX

Près d'un grand bois vivaient un pauvre bûcheron, sa femme et leurs deux enfants : un garçon, Hansel, et une fille, Gretel.

Une grande famine survint dans le pays, et le bûcheron et sa famille n'eurent plus rien à manger.

Un soir, le bûcheron dit en soupirant à sa femme :

– Qu'allons-nous devenir ? Comme faire pour nourrir nos enfants ? Il reste juste un peu de pain !

– Nous les emmènerons demain dans les bois et nous les abandonnerons, répondit-elle.

Le bûcheron s'écria :

– Abandonner nos enfants ? Jamais !

– Alors, nous mourrons tous de faim, dit sa femme. Elle finit par le convaincre.

Les deux enfants avaient tellement faim qu'ils n'arrivaient pas à dormir. Ils entendirent ce que leurs parents disaient.

Quand ils furent endormis, Hansel sortit en cachette de la cabane et remplit ses poches de petits cailloux blancs.

Le lendemain, toute la famille alla dans les bois. Les parents avaient donné un morceau de pain à chacun des enfants.

En chemin, Hansel s'arrêta plusieurs fois pour regarder la maison.

– Pourquoi te retournes-tu sans cesse ? demanda
le père.

– Je regarde mon petit chat blanc qui est perché
sur le toit et qui veut me dire au revoir, répondit
le petit garçon.

– Nigaud, dit la mère, ce n'est pas ton chat, c'est
le soleil levant qui brille sur la cheminée.

Ce n'était pas le chat que Hansel avait
regardé, mais les petits cailloux blancs qu'il
prenait dans ses poches et jetait sur le chemin.

Arrivés au cœur de la forêt, les parents firent
un feu et dirent à leurs enfants de se reposer là
pendant qu'ils allaient couper du bois.

Après avoir mangé leur pain, Hansel et Gretel
s'endormirent.

Quand ils se réveillèrent, il faisait nuit noire.

Gretel se mit à pleurer :

– Nous sommes perdus. Comment faire pour sortir
de ce bois ?

– Dès que la lune sera levée, nous retrouverons
notre chemin, la rassura Hansel.

En effet, les petits cailloux blancs se mirent à briller
au clair de lune et indiquèrent leur chemin aux
enfants, qui arrivèrent chez eux au lever du jour.

Leur père fut très heureux de les revoir car
il regrettait beaucoup de les avoir abandonnés.

Mais peu de temps après, la mère décida à nouveau de perdre ses enfants. Et à nouveau, ils l'entendirent en parler au père. Mais cette fois-là, quand Hansel voulut sortir pour aller ramasser des cailloux, il trouva la porte fermée à clé.

Alors le lendemain, Hansel émietta son morceau de pain tout le long du chemin.

– Pourquoi te retournes-tu sans cesse ? demanda le père.

– Je regarde mon petit pigeon qui est perché sur le toit et qui veut me dire au revoir.

– Nigaud, dit la mère, ce n'est pas ton pigeon, c'est le soleil levant qui brille sur la cheminée.

Ils emmenèrent les enfants encore plus loin dans les bois et, comme la première fois, firent un grand feu et feignirent d'aller couper du bois.

Et les enfants s'endormirent.

Mais le soir, quand la lune se leva, il ne restait plus une seule miette de pain sur le chemin car les oiseaux les avaient mangées.

Hansel et Gretel étaient bel et bien perdus.

Désespérés, ils marchèrent durant trois jours.

Ils étaient affamés et allaient mourir d'épuisement quand tout à coup, ils virent une maisonnette extraordinaire. Elle était construite en pain d'épice et le toit était en gâteau ; les fenêtres, elles, étaient en sucre candi.

Hansel goûta un morceau de toit et Gretel se mit à grignoter une vitre.

Alors, une voix sortit de l'intérieur :

– Qui s'attaque à ma maison ?

– C'est le vent ! répondirent les enfants en continuant à manger.

Soudain la porte s'ouvrit et une affreuse vieille femme sortit. Hansel et Gretel reculèrent, terrifiés, mais elle leur dit :

– Entrez et restez chez moi : il ne vous sera fait aucun mal.

Elle leur servit un bon dîner et les fit coucher dans deux petits lits blancs.

Mais la vieille avait fait semblant d'être bonne. En réalité, c'était une sorcière, et elle avait l'intention de manger les deux enfants.

Dès le lendemain, elle empoigna Hansel de sa main osseuse, l'emmena dans l'étable et l'enferma derrière une grille.

Puis elle obligea Gretel à préparer des repas

pour son frère. Quand il serait bien gras,

elle le mangerait !

Gretel eut beau pleurer, elle dut obéir. On fit
donc pour Hansel une cuisine très nourrissante,
tandis que Gretel devait se contenter de carapaces
de crabes.

Chaque jour, la sorcière venait tâter les doigts
du garçon pour voir s'il grossissait. Mais Hansel
lui tendait un petit os et la sorcière, qui avait
une mauvaise vue, croyait que c'étaient ses doigts,
et était surprise de voir qu'il n'engraissait pas.

Cela dura quatre semaines.

La sorcière finit par perdre patience et décida
de le manger. Gretel dut accrocher la marmite
pleine d'eau et allumer le feu.

– Nous allons d'abord faire le pain,
dit la sorcière. J'ai chauffé le four et pétri la pâte.
Entre dans le four et regarde s'il est assez chaud
pour y mettre le pain.

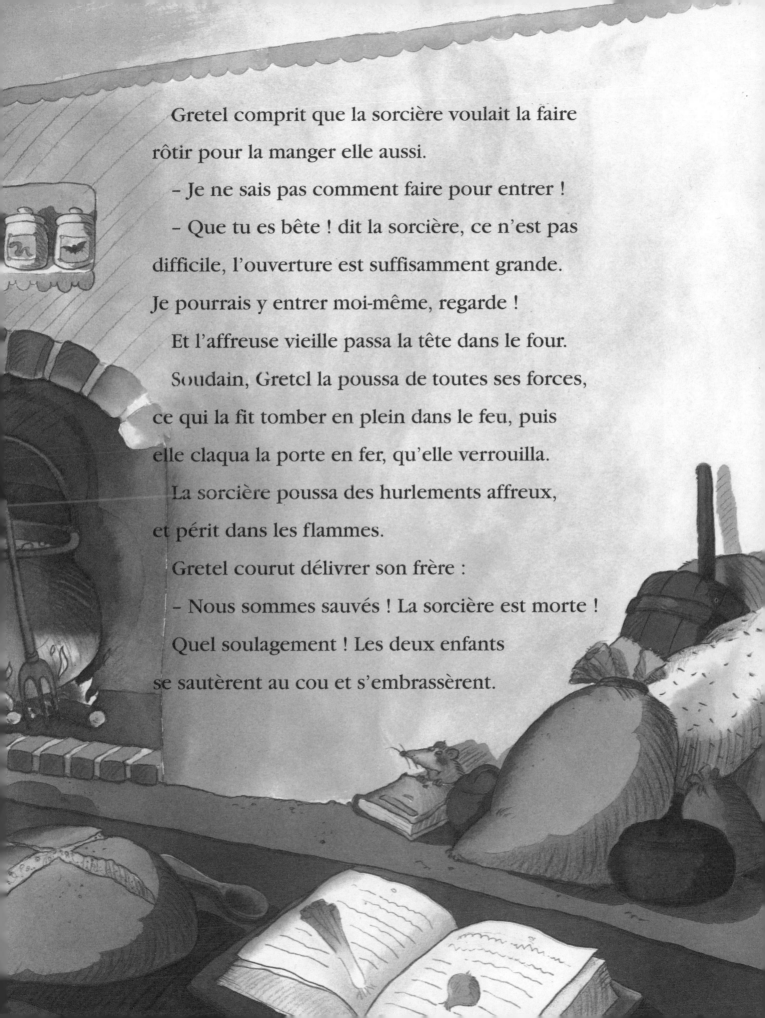

Gretel comprit que la sorcière voulait la faire rôtir pour la manger elle aussi.

– Je ne sais pas comment faire pour entrer !

– Que tu es bête ! dit la sorcière, ce n'est pas difficile, l'ouverture est suffisamment grande. Je pourrais y entrer moi-même, regarde !

Et l'affreuse vieille passa la tête dans le four.

Soudain, Gretel la poussa de toutes ses forces, ce qui la fit tomber en plein dans le feu, puis elle claqua la porte en fer, qu'elle verrouilla.

La sorcière poussa des hurlements affreux, et périt dans les flammes.

Gretel courut délivrer son frère :

– Nous sommes sauvés ! La sorcière est morte !

Quel soulagement ! Les deux enfants se sautèrent au cou et s'embrassèrent.

Ils pénétrèrent sans crainte dans la maison de la sorcière et virent des coffrets débordant de perles fines et de pierres précieuses. Hansel remplit ses poches et Gretel son tablier.

Ils décidèrent de partir et de sortir de ce bois ensorcelé.

Après avoir marché quelques heures, ils arrivèrent à une grande pièce d'eau qui leur barrait le passage.

Il n'y avait ni sentier, ni pont, ni bateau, mais seulement un canard qui voulut bien les faire traverser sur son dos. Et la gentille petite bête les transporta sur l'autre rive.

Hansel et Gretel reconnurent alors leur chemin et aperçurent leur maison.

Le bûcheron fut infiniment heureux de revoir ses enfants. Il n'avait pas eu un seul instant de calme depuis qu'il les avait abandonnés.

Quant à sa femme, elle était morte.

Grâce aux perles et aux pierres précieuses, ils n'eurent plus jamais aucun souci et ils vécurent ensemble dans la joie et le bonheur.

Jack
ET LES HARICOTS
MAGIQUES

ILLUSTRATIONS DE
SOPHIE TOUSSAINT

Il était une fois une veuve très pauvre qui vivait dans une masure avec son fils Jack. Elle ne possédait qu'une vache dont elle vendait le lait. Mais, trop âgée, la vache ne donna bientôt plus de lait.

– Nous allons vendre notre vache, dit la veuve. Avec cet argent, nous pourrons au moins passer l'hiver.

À contrecœur, Jack s'en fut au bourg avec l'animal. Soudain, à la croisée des chemins, il rencontra un étrange vieillard.

– Bonjour, Jack ! Où vas-tu avec ta vache ?

– Je vais la vendre, et j'en suis bien triste.

– Je te propose un marché ! dit le vieil homme en tirant des graines de sa poche. Je t'échange ta vache contre mes haricots.

Comme Jack refusait, il insista.

– Ces graines ont un pouvoir magique ! Sème-les ce soir, et demain, des tiges auront poussé jusqu'au ciel.

Un peu incrédule, Jack accepta, rentra chez lui, et conta son aventure à sa mère. Furieuse, elle jeta les haricots par la fenêtre et l'envoya se coucher sans dîner.

Le lendemain, Jack fut surpris : le soleil n'éclairait pas sa chambre comme d'habitude. Incroyable ! Les graines jetées par sa mère avaient germé et donné des tiges qui montaient jusqu'au ciel ! Sans plus attendre, il grimpa, grimpa longtemps le long des tiges. Enfin, par-dessus les nuages, il aperçut une femme, très grande, qui se tenait devant une haute maison.

– Bonjour, madame. Pourriez-vous me donner quelque chose à manger ?

– File d'ici, mon enfant ! Mon mari est un ogre, et s'il te voit, il te dévorera !

Mais Jack insista, et la grande femme l'entraîna dans la cuisine où elle lui offrit du pain et du fromage. Un tremblement secoua bientôt la maison.

– Mon mari ! Vite, cache-toi dans le four !

La porte s'ouvrit sur un géant.

– Hum ! Il flotte un parfum alléchant par ici ! dit-il.

– C'est l'odeur du petit garçon que tu as mangé hier, lui répondit sa femme. Installe-toi ! Ton repas est prêt.

L'ogre dévora deux veaux rôtis, puis il ouvrit une malle d'où il sortit des sacs emplis de pièces d'or. Après les avoir comptées et recomptées, il s'endormit. Alors, Jack sortit de sa cachette, s'empara d'un sac d'or, courut vers les haricots magiques et se laissa glisser jusqu'au jardin de sa mère.

Ils vécurent quelque temps à l'abri du besoin, puis Jack repartit tenter sa chance. La femme de l'ogre hésita à lui donner à manger : la disparition du sac d'or avait rendu son époux fou furieux ! Mais elle finit par accepter. Lorsque les pas du géant résonnèrent, Jack se cacha vite dans le four.

Et tout se passa comme la première fois.

Après avoir dévoré trois bœufs rôtis, l'ogre
demanda à sa femme de lui apporter la poule aux
œufs d'or.

– Poule, ponds un œuf ! ordonna-t-il.

Et la poule obéit.

Quand les ronflements de l'ogre secouèrent la
maison, Jack sortit de sa cachette, saisit la poule et
s'enfuit.

Une fois chez lui, il montra la poule aux œufs d'or à sa mère. Ils étaient à l'abri du besoin !

Jack remonta pourtant sur les haricots pour tenter fortune une fois encore. Lorsqu'il vit la femme de l'ogre s'en aller au puits, il entra dans la maison. Mais bientôt, l'ogre revint avec sa femme et Jack dut se cacher au plus vite. Il se glissa dans un chaudron.

– Ça sent la chair fraîche ! tonna l'ogre.

– Tu crois ? Ce doit être le garçon qui t'a volé ton or et ta poule magique. Regarde dans le four !

– Il n'y a personne !

– Alors, il s'agit sans doute du petit garçon que je t'ai cuit au petit déjeuner ! Tu confonds l'odeur de la chair fraîche et celle de la viande crue !

Contrarié, l'ogre demanda à sa femme de lui jouer des mélodies sur sa harpe d'or et il finit par s'assoupir

Alors, Jack souleva le couvercle du chaudron et
sans bruit, prit la harpe.

– Au secours, maître ! chanta l'instrument.

L'ogre ouvrit un œil : déjà, Jack s'enfuyait.

D'un bond, le géant fut sur lui. Il allait l'attraper
quand le garçon se laissa glisser le long des tiges de
haricots.

– Maître ! appelait la harpe. Au secours !

Le géant n'hésita pas et les tiges plièrent sous son poids.

– Maman ! hurla Jack au moment où il allait toucher terre. Vite ! Apporte-moi une hache !

Et il frappa les tiges des haricots à grands coups de hache, les tranchant net. L'ogre s'effondra sur le sol. Il était mort !

Alors, Jack fit admirer la belle harpe d'or à sa mère.
Il vendit les œufs d'or de la poule, et désormais, sa
mère et lui ne manquèrent plus de rien.

LE PETIT POUCET

ILLUSTRATIONS DE
MARYSE LAMIGEON

Il était une fois un pauvre bûcheron et une bûcheronne qui avaient sept garçons. Le plus jeune était si petit qu'ils l'appelaient le petit Poucet.

Une année, le pays souffrit d'une grande famine.

— Nous ne pouvons plus nourrir nos enfants. Je ne veux pas les voir mourir de faim sous mes yeux, dit le bûcheron à sa femme qui pleurait. Nous allons les perdre dans la forêt.

Le petit Poucet, caché sous le tabouret de son père, avait tout entendu. Il ne dormit pas de la nuit. De bon matin, il courut jusqu'à la rivière pour remplir ses poches de cailloux blancs.

Plus tard, les parents emmenèrent leurs enfants dans la forêt. Pendant que les sept frères faisaient des fagots, le père et la mère s'enfuirent.

Lorsque les enfants se virent seuls, ils se mirent à pleurer, sauf le petit Poucet. Il avait semé ses cailloux tout le long du chemin. Ses frères le suivirent et ils retrouvèrent leur maison et leurs parents qui furent heureux de les revoir.

Hélas ! Le pays souffrait toujours de la famine. Le bûcheron et sa femme décidèrent encore une fois de perdre leurs enfants dans la forêt.

Le petit Poucet voulut aller ramasser des cailloux mais la porte était fermée à double tour. Il se dit qu'il pourrait émietter son pain.

Les parents menèrent les garçons dans l'endroit de la forêt le plus épais et le plus obscur. Dès qu'ils y furent, ils les laissèrent et s'enfuirent.

Le petit Poucet croyait retrouver le pain qu'il avait semé mais il avait été mangé par les oiseaux. Les pauvres enfants étaient perdus !

La nuit vint et ils entendirent les hurlements des loups. Bientôt, la pluie se mit à tomber. Ils étaient trempés jusqu'aux os.

Le petit Poucet grimpa en haut d'un arbre et vit une lumière. Il marcha quelque temps avec ses frères en direction de la lumière.

Ils arrivèrent enfin à une maison. Ils frappèrent à la porte et une femme vint leur ouvrir.

— Nous nous sommes perdus dans la forêt ! dit le petit Poucet. Pouvons-nous dormir chez vous ?

— Mes pauvres enfants, dit la femme, savez-vous que vous êtes chez un ogre qui mange les petits enfants ?

— Si vous ne nous accueillez pas chez vous, les loups nous mangeront ! dit le petit Poucet.

La femme de l'ogre crut qu'elle pourrait les cacher à son mari jusqu'au lendemain matin. Elle les fit entrer et les installa près du feu.

Tout à coup, on frappa à la porte : c'était l'ogre qui revenait. Aussitôt, sa femme cacha les garçons sous le lit et ouvrit la porte. L'ogre flairait à droite et à gauche.

— Je sens la chair fraîche ! dit-il en allant vers
le lit, et il tira les enfants de dessous le lit l'un
après l'autre.

Il alla prendre un grand couteau et empoigna
l'un des garçons.

— Que voulez-vous faire à l'heure qu'il est ?
N'aurez-vous pas assez de temps demain ? lui dit
sa femme.

— Tu as raison, dit l'ogre, et il alla dormir.
Sa femme coucha les sept frères dans la
chambre de ses sept filles où il y avait
un autre lit.

Le petit Poucet se leva au milieu de la nuit.
Il mit les bonnets de ses frères et le sien sur la
tête des sept filles de l'ogre, après leur avoir ôté
leurs couronnes d'or, qu'il posa sur la tête de
ses frères et sur la sienne.

À minuit, l'ogre entra dans la chambre.
Il s'approcha du lit où étaient les garçons, tâta
leurs têtes couronnées, alla ensuite au lit de ses
filles et coupa les sept têtes sans couronnes.
Puis il retourna se coucher.

Le petit Poucet et ses frères s'enfuirent en
courant.

Le lendemain, l'ogre découvrant son erreur,
chaussa ses bottes de sept lieues et se lança à
leur poursuite.

Allant de montagne en montagne, traversant
des rivières, l'ogre se rapprochait du petit
Poucet et de ses frères.

Ils se cachèrent sous un rocher.

L'ogre, qui était très fatigué, s'assit sur cette roche et s'endormit.

Le petit Poucet dit à ses frères de retourner vite à la maison. Puis il retira ses bottes de sept lieues à l'ogre et les mit. Elles étaient magiques et s'adaptèrent à ses petits pieds.

On dit que le petit Poucet alla chez la femme de l'ogre.

— Votre mari est en danger ! dit-il. Des voleurs lui réclament tout son or. Sinon, ils le tueront ! Voyez, il m'a prêté ses bottes pour apporter au plus vite la rançon.

La femme le crut et lui donna tout ce qu'elle possédait.

On dit aussi que le petit Poucet chaussé des bottes de l'ogre alla trouver le roi et lui rapporta des nouvelles de son armée qui était à deux cents lieues de là. Le roi lui donna une grosse somme d'argent et le petit Poucet devint son messager.

Il était aussi celui des dames de la cour qui le chargeaient d'apporter leurs lettres d'amour.

Quand il fut devenu riche, le petit Poucet retourna voir ses parents. Il les tira de la misère et installa ses frères à la cour du roi.

LES MUSICIENS DE BRÊME

ILLUSTRATIONS DE
VÉRONIQUE ARENDT

Un meunier avait un âne qui, durant de longues années, avait inlassablement porté des sacs au moulin, mais dont les forces commençaient à décliner.

L'animal ne fut bientôt plus bon à grand-chose. Son maître songea à s'en débarrasser.

Mais l'âne s'en rendit compte et il s'enfuit. Il prit
la route de Brême, pensant qu'il pourrait devenir
musicien de la ville.

En chemin, il rencontra un chien de chasse qui s'était couché là et haletait comme quelqu'un qui a trop couru.

– Pourquoi es-tu si essoufflé ? demanda l'âne.

– Hélas ! dit le chien, c'est parce que je suis vieux.

Je ne vaux plus rien pour la chasse et mon maître veut me tuer. Alors j'ai pris la fuite ; mais à présent comment vais-je vivre ?

– Viens avec moi à Brême et engage-toi aussi dans la musique, dit l'âne. Je jouerai du luth et toi tu frapperas les cymbales.

Le chien accepta avec joie et ils continuèrent leur route ensemble. Bientôt, ils virent un chat sur le chemin. Il avait l'air triste.

– Eh bien, qu'est-ce qui ne va pas, vieux chat ? demanda l'âne.

– Ma maîtresse a voulu me noyer parce que je suis vieux et parce que j'aime mieux ronronner derrière le poêle que courir après les souris, dit le chat. J'ai réussi à m'échapper, mais je ne sais que faire maintenant. Où aller ?

– Viens avec nous à Brême, dit l'âne, tu connais la musique, tu deviendras musicien.

Le chat accepta et partit avec eux.

Les trois fugitifs passèrent devant une ferme où le coq, perché sur le portail, criait à tue-tête.

– Pourquoi cries-tu ainsi ? demanda l'âne.

– Comme c'est demain dimanche et qu'on attend du monde, la fermière sans pitié a dit à la cuisinière qu'elle voulait me manger, dit le coq. Et ce soir, on doit me couper le cou ! Alors je crie à plein gosier pendant que je peux encore le faire.

– Viens donc avec nous à Brême, dit l'âne. Tu seras mieux partout ailleurs que là où l'on veut te tuer. Tu as une bonne voix et si nous faisons de la musique ensemble, ce sera magnifique.

Le coq accepta cette offre et ils partirent tous les
quatre. Mais ils ne purent atteindre la ville de Brême
en une seule journée et le soir, ils s'arrêtèrent dans
un bois pour y passer la nuit.

L'âne et le chien se couchèrent sous un gros arbre, le chat et le coq s'installèrent dans les branches. Le coq se percha au sommet. Il pensait s'y trouver en sûreté.

Avant de s'endormir, il regarda aux quatre coins de l'horizon. Il vit une étincelle brillante dans le lointain et il cria à ses compagnons qu'il devait y avoir une maison dans les environs car il voyait de la lumière.

L'âne déclara :

– Levons-nous et allons-y car ici le gîte et le couvert sont mauvais.

Ils partirent donc dans la direction de la lumière. Enfin ils arrivèrent devant une maison brillamment éclairée où habitaient des brigands.

L'âne, qui était le plus grand, s'approcha de la fenêtre et regarda à l'intérieur.

– Que vois-tu ? demanda le coq.

– Ce que je vois, répondit l'âne, c'est une table mise, avec de bonnes choses à manger et à boire, et des brigands assis tout autour en train de se régaler.

– Voilà ce qu'il nous faudrait ! repartit le coq.

– Eh oui ! affirma l'âne.

Les musiciens cherchèrent le moyen de chasser les
brigands. Ils en trouvèrent un. L'âne mit ses pattes de
devant contre la fenêtre, le chien sauta sur le dos de
l'âne, le chat sur celui du chien, et le coq se percha
sur la tête du chat.

Ainsi installés, à un signal donné, ils commencèrent leur musique : l'âne brayait, le chien aboyait, le chat miaulait et le coq chantait. Puis ils bondirent par la fenêtre.

Les brigands, croyant qu'un fantôme entrait dans la pièce, s'enfuirent dans le bois. Alors, les quatre compagnons se mirent à table, se servirent de ce qui restait et mangèrent comme s'ils allaient connaître un mois de famine.

Quand les musiciens eurent terminé, ils éteignirent la lumière et chacun se choisit un endroit pour dormir. L'âne se coucha sur le fumier, le chien derrière la porte, le chat près du poêle et le coq alla se percher dans le poulailler. Comme ils étaient fatigués de leur long trajet, ils s'endormirent aussitôt.

Lorsque minuit eut sonné, voyant de loin qu'il n'y avait plus de lumière dans la maison et que tout y paraissait tranquille, le chef des brigands dit :

– Nous n'aurions pas dû nous laisser impressionner ainsi ! Et il ordonna à son lieutenant d'aller inspecter la maison.

Le brigand vit que tout était silencieux. Il entra dans la cuisine pour allumer une lumière et, prenant les yeux du chat pour de la braise, il en approcha une allumette et voulut l'enflammer. Le chat, goûtant fort peu la plaisanterie, lui sauta dessus, le mordit et le griffa.

Terrorisé, le brigand voulut sortir par la porte de derrière. Mais le chien, qui était couché là, bondit et le mordit. Et quand le brigand passa en courant devant l'âne, celui-ci lui décocha un bon coup de pied.

Le coq, réveillé par le bruit, fit retentir son cocorico.

Alors, le brigand s'enfuit à toute vitesse, et il dit à son chef :

– Il y a dans la maison une terrible sorcière qui m'a griffé avec ses longs doigts. Devant la porte il y a un

homme armé d'un couteau qui m'a blessé. Dans la cour il y a un monstre noir qui m'a frappé avec une massue de bois, et sur le toit il y a un juge qui a dit : « Qu'on m'amène le coquin ! » Voilà pourquoi je suis parti.

À partir de ce moment-là, les brigands n'osèrent plus se risquer dans la maison.

Quant aux quatre musiciens de Brême, ils s'y plurent tant qu'ils y restèrent.

LES TROIS PETITS COCHONS

ILLUSTRATIONS DE
VALÉRIE MICHAUT

Il était une fois trois petits cochons à la queue en tire-bouchon. Ils habitaient dans la forêt avec leur maman. Un jour, elle leur dit :

— Vous voilà grands maintenant. Partez chacun de votre côté et construisez votre propre maison. Mais faites-la solide car le grand méchant loup n'attend qu'une occasion pour vous croquer !

Les trois petits cochons firent leur baluchon et s'en allèrent.

Le premier petit cochon, sans penser au danger, fit une maison en paille.

Le deuxième petit cochon construisit sa maison en bois. Pin ! Pan ! Il assembla les planches et les cloua. Lui non plus ne craignait pas le loup !

Le troisième petit cochon bâtit sa maison en
pierre et en ciment. Il lui ajouta un toit de
tuiles et une porte en bois : il avait une maison
très solide ! Il était tout heureux d'avoir si bien
travaillé.

Le loup apprit que les trois petits cochons
s'étaient installés dans la région. Un beau jour,
il vint les voir pour les manger.

Les trois petits cochons, terrorisés, coururent
s'enfermer dans leurs maisons.

Le loup frappa d'abord à la porte de la
maison de paille. Il fit le gentil, disant :

— Bonjour, petit cochon ! Puis-je entrer, s'il
te plaît ?

— Sûrement pas ! répondit le petit cochon.

— Ouvre ! cria le loup.

Pour toute réponse, le petit cochon ferma le
verrou de sa porte.

— Tu l'auras voulu ! hurla le loup. Je vais
souffler si fort sur ta maison que la paille
s'envolera. À ce moment-là, je te mangerai !

Le loup souffla si fort sur la maison que toute
la paille s'envola.

Terrifié, le petit cochon se sauva. Il courut de toutes ses forces jusqu'à la maison de bois. Son frère l'avait vu venir. Vite, il le fit entrer.

Il referma la porte au nez du loup.

— Ouvre la porte ! cria le loup.

— Sûrement pas ! répondit le petit cochon.

— Tu l'auras voulu ! hurla le loup. Je vais souffler si fort sur ta maison que les planches s'effondreront. À ce moment-là, je te mangerai !

Le loup souffla si fort sur la maison de bois qu'elle tomba par terre.

Les deux petits cochons coururent de toutes leurs forces jusqu'à la maison en pierre. Leur frère les fit vite entrer et il referma la porte.

Le loup, essoufflé, ne put les rattraper. Quand il arriva à la maison en pierre, les petits cochons étaient bien à l'abri.

— Ouvre la porte ! cria le loup.

— Sûrement pas ! répondit le petit cochon.

— Bon ! hurla le loup. Je vais souffler si fort sur ta maison qu'elle s'écroulera. À ce moment-là, je vous mangerai tous les trois !

Le loup souffla, souffla… souffla : rien ne bougea ! La maison en pierre était solide et le petit cochon riait derrière la fenêtre.

— Eh bien, vous l'aurez voulu ! Je vais monter sur le toit et passer par la cheminée ! cria le loup.

À ces mots, les trois petits cochons se précipitèrent sur les bûches pour allumer un feu. Pendant ce temps, le grand méchant loup installa une échelle contre le mur et grimpa sur le toit. Une fois là-haut, il se laissa glisser dans la cheminée et...

— Aïe, au secours ! Je brûle ! cria-t-il.

La queue en flammes, le loup remonta par la cheminée en hurlant de douleur. Il s'enfuit dans la forêt pour ne plus jamais revenir.

Ah ah ah ! Les trois petits cochons riaient aux éclats. Alors, se tenant par la patte, ils dansèrent la ronde.

Les petits cochons ne voulurent plus se
séparer et ils vécurent tous les trois dans la
maison en pierre.

TABLE

Éditions Lito
41, rue de Verdun 94500 Champigny-sur-Marne
Imprimé en Italie
Loi n° 49-956 du 16 juillet 1949 sur les publications destinées à la jeunesse
Dépôt légal : septembre 1993